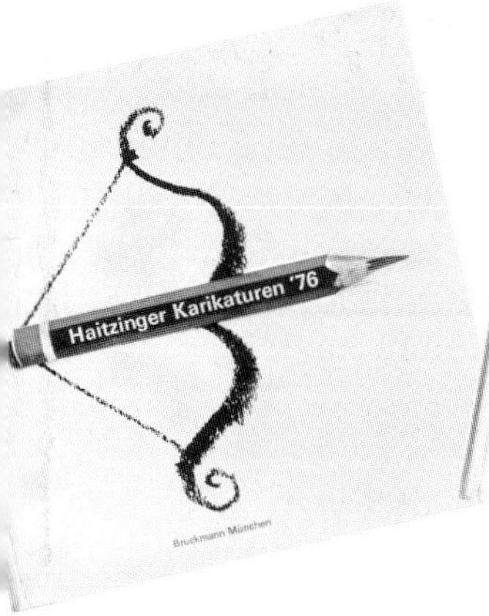
Haitzinger Karikaturen '76
Bruckmann München

Haitzinger Karikaturen

Haitzinger Karikaturen

Haitzinger Karikaturen

Haitzinger Karikaturen
Bruckmann München

Haitzinger Karikaturen
Bruckmann München

Haitzinger Karikaturen
Bruckmann München

Haitzinger Karikaturen
Bruckmann München

Haitzinger Karikaturen
Bruckmann

Haitzinger Karikaturen
'93
KAPITÄN KOHL HEUERT AN
Bruckmann

Haitzinger Karikaturen
'94
NA, WIE GEHT'S?
WIE SIE SEHEN!
Bruckmann

Haitzinger Karikaturen
'95
SO MUSS ICH JA NICHT AUF DER STRASSE RUMLAUFEN...
Bruckmann

Liebe Leserinnen und Leser,

seit 1972 erscheint nun regelmäßig im Stiebnerverlag (vormals Bruckmann) mein politischer Jahresrückblick in Karikaturen.

Wie über die Jahrzehnte hin eine konstante Auflage des Bändchens zeigt, konnte ich mich einer beachtlichen Fangemeinde erfreuen!

Mein Bemühen eine oft unübersichtliche politische Situation auf einen wesentlichen Kern zu reduzieren, war hin und wieder von Frust, meist aber von viel Vergnügen begleitet. Die Zeiten haben sich geändert, der Humor (vieler junger Menschen) möglicherweise auch! Ich glaube ich bin im wesentlichen losgeworden was ich loswerden wollte und bin nun mit über 80 Jahren kein Frührentner mehr.

In einem etwas anderen Zusammenhang sagte mein österreichischer Landsmann Sebastian Kurz: »Genug ist Genug!«, und wo er recht hat, hat er recht!

Ich darf mich bei einem freundschaftlich kooperierenden Verleger und seinem ganz wunderbaren Team für die jahrzehntelange gute Zusammenarbeit herzlich bedanken, ganz besonders aber bei meinen Lesern für ihr langes, treues Interesse!

Mit den besten Wünschen

Ihr Horst Haitzinger

Politische Karikaturen von Horst Haitzinger

stiebner

Gedruckt auf chlorfrei gebleichtem Papier

Bibliografische Information der Deutschen Nationalbibliothek
Die Deutsche Nationalbibliothek verzeichnet diese Publikation in der Deutschen Nationalbibliografie;
detaillierte bibliografische Daten sind im Internet über http://dnb.d-nb.de abrufbar.

Fotos: Heinz Gebhardt
Eine Auswahl von Veröffentlichungen aus den Jahren 2018/2019

Gesamtherstellung: Stiebner, Grünwald
www.stiebner.com
Printed in Germany
ISBN: 978-3-8307-1707-2

AMERICA
FIRST
ONLY!
2018 2. VI

»... ich ertrage die Typen keinen vollen Tag mehr!«

Dezember 2018: Nach einem Defekt an ihrer Regierungsmaschine erreicht die Bundeskanzlerin den G20-Gipfel in Buenos Aires erst mit eintägiger Verspätung.

»... mit Strafzöllen!«

Juni 2019: Anlässlich der ihr verliehenen Ehrendoktorwürde hält die Bundeskanzlerin an der Harvard-Universität eine vielbeachtete Rede mit vernehmbar kritischen Untertönen gegen Präsident Donald Trump.

Annegret die Karrenbauerin

Dezember 2018: Annegret Kramp-Karrenbauer übernimmt den Vorsitz der CDU, in der sie unterschiedlichste politische Strömungen auf einen Nenner bringen muss.

Annegret mit Schmusekater

Januar 2019: Friedrich Merz, Kramp-Karrenbauers gewichtigster Konkurrent um das Amt des CDU-Vorsitzenden, beteuert vorerst Loyalität gegenüber der neuen CDU-Chefin.

»Lohnt sich denn überhaupt das Ausladen, Frau Kramp-Karrenbauer?«

Juli 2019: Falls, wie allgemein vermutet, Annegret Kramp-Karrenbauer Kanzlerkandidatin der Union wird, wäre sie als Verteidigungsministerin nur eine kurze Übergangslösung.

»... da fehlt was!«

Juli 2019: Die frisch gebackene Verteidigungsministerin Annegret Kramp-Karrenbauer stößt sofort auf heftige Kritik, nach ihrer Ankündigung mehr Geld für die Bundeswehr zu fordern.

»... wer konnte das denn voraussehen!?«

Juni 2019: Der Europäische Gerichtshof entscheidet endgültig, dass die von den CSU-Politikern Alexander Dobrindt und Andreas Scheuer konzipierte PKW-Maut EU-rechtswidrig ist.

»... ich hatte ihn als Goldesel gezüchtet!«

Juni 2019: Der Bundesregierung drohen hohe Regressforderungen wegen voreilig erteilter Aufträge von Verkehrsminister Andreas Scheuer in Folge der geplatzten PKW-Maut.

»... zu einem Regierungsflugzeug umgerüstet wurde!«

März 2019: Während sich die Reparaturkosten der Gorch Fock von ursprünglich 10 Millionen auf 130 Millionen Euro erhöhen, leistet sich die Flugbereitschaft der Bundesregierung eine blamable Serie von Pannen.

Juli 2019: Nach dem Scheitern des CDU-Spitzenkandidaten Manfred Weber für das Amt des EU-Kommissionspräsidenten einigt sich der EU-Rat auf die umstrittene Verteidigungsministerin Ursula von der Leyen als neue Kandidatin.

Karneval auf dem Höhepunkt

Februar 2019: Während SPD-Arbeitsminister Hubertus Heil die bedingungslose Grundrente fordert, kündigt SPD-Finanzminister Olaf Scholz das nächste Milliardenloch an.

»... du solltest auch langsam auf Mehrweg umsteigen!«

Mai 2019: Nach zahlreichen Vorgängern ist auch das Ende von Andrea Nahles als SPD-Vorsitzende absehbar.

»... was machst du deiner Mama wieder Stress und Arbeit!«

 Mai 2019: Juso-Vorsitzender Kevin Kühnert provoziert innerhalb und außerhalb der SPD heftige Diskussionen mit seinen Enteignungsfantasien.

Kevin allein zu Haus

Mai 2019: In der ohnehin kritischen Situation, in der sich die SPD befindet, sind Kevin Kühnerts Ideen äußerst kontraproduktiv.

Bremer Stadtmusikanten 2019

Juni 2019: Der Bremer Wahlverlierer SPD rettet sein Oberbürgermeisteramt durch eine Koalition mit Linken und Grünen.

Die Entsorgung Thilos

Juli 2019: Die SPD versucht zum wiederholten Mal den ungeliebten Thilo Sarrazin aus der Partei auszuschließen.

»... unsere Copilotin sucht sich gerade noch selbst!«

 Juni 2019: Nach dem kurzfristigen Hoffnungsträger Martin Schulz verliert auch Andrea Nahles nach schon einem Jahr wieder den SPD-Vorsitz.

Ersatztrio für den Ausfall der Starsolistin

Juni 2019: Manuela Schwesig, Thorsten Schäfer-Gümbel und Malu Dreyer übernehmen als Dreierspitze kommissarisch den SPD-Vorsitz.

Grabgeflüster

November 2018: In einer lebhaften Bundestagsdebatte werden die Möglichkeiten und Risiken von Organspenden erörtert.

Organspendenhorror

»... aber solange er noch kein Schaf gerissen hat ...«

Mai 2019: In Deutschland wird zwischen Naturschützern und Landwirten kontrovers über den Umgang mit der zunehmenden Wolfspopulation diskutiert.

Farm der Tiere

Februar 2019: Nur auf freiwilliger Basis will Verbraucherschutzministerin Julia Klöckner die Landwirte zu artgerechter Tierhaltung verpflichten, um deren Produkte mit einem Tierwohllabel auszuzeichnen.

Frankfurter Polizeihund

Dezember 2018: Das LKA ermittelt gegen ein rechtes Netzwerk innerhalb der frankfurter Polizei.

»... ich bin flexibel!«

Juni 2019: Der hessische CDU-Politiker Walter Lübcke, bekannt durch sein Engagement für Flüchtlinge, wird von einem rechtsextremen Täter ermordet.

... und sie erkannten, dass sie nackt waren!

Januar 2019: Die Veröffentlichung eines massenhaften Datendiebstahls führt den Betroffenen ihre Schutzlosigkeit vor Augen.

Der Cyber-Angreifer

Januar 2019: Ein massiver Cyber-Angriff auf die Daten prominenter Bundesbürger lenkt tagelang den Verdacht auf ausländische Geheimdienste, bis sich herausstellt, dass der Verursacher ein deutscher Schüler ist.

»... Mal Gott Mutter auf den Thron zu lassen!«

März 2019: Der Weltfrauentag wird gefeiert.

Der vatikanische Herkules vor dem Ausmisten

Februar 2019: Papst Franziskus bemüht sich um die Aufarbeitung des jahrelangen Missbrauchsskandals in der katholischen Kirche.

»… großer Söhne!«

Mai 2019: Rechtspopulist FPÖ-Chef Heinz-Christian Strache stürzt Österreich, mit seinem Reinfall auf einen fingierten Deal zwischen FPÖ und vermeintlicher Russen-Oligarchin in eine Regierungskrise.

Kollateral-Geschädigter

Mai 2019: Auch ÖVP-Chef und Kanzler Sebastian Kurz stürzt über die Strache-Affäre.

Der Pöbel führt das Volk

Dezember 2018: Die gegen die Reformpolitik von Emmanuel Macron gerichtete »Gelb-Westen-Bewegung« nimmt immer gewalttätigere Formen an.

Stimme vom Glöckner

April 2019: Ein Großbrand zerstört wesentliche Teile des Dachstuhls von Notre-Dame.

Europas Stier mit Amputation und Gipsbein

Mai 2018: Zusätzlich zum bevorstehenden Brexit wird Europa durch eine rechtspopulistische europafeindliche Koalition in Italien geschwächt.

Der rumänische Chauffeur fühlt sich fit!

Januar 2019: Rumänien übernimmt den EU-Vorsitz.

Urbi et Orbán

März 2019: Die EVP-Mitgliedschaft der ungarischen Fidesz-Partei wird wegen nationalsozialistischen und europafeindlichen Positionen von den übrigen EVP-Mitgliedern in Frage gestellt.

»... nicht hinter jedem Rindvieh verbirgt sich ein Zeus!«

Mai 2019: Die Befürchtungen vor einer Stärkung der rechtspopulistischen Parteien bei der bevorstehenden Europawahl wachsen.

Europäischer Geflügelhof

Mai 2019: Die deutlichen Gewinner der Europawahl sind die Grünen.

Grüße aus Kopenhagen

Juni 2019: Die sozialdemokratische Partei Dänemarks gewinnt mit einer verschärften Asylpolitik die Parlamentswahlen.

»... oder der ungeordnete Brexit?«

Dezember 2018: Das Chaos in Regierung und Parlament macht den »ungeordneten« Brexit Englands wahrscheinlicher.

März 2019: Das Chaos in Regierung und Parlament der Briten nimmt kein Ende.

Das Narrenschiff

Januar 2019: Das britische Parlament leistet sich auf dem Weg zum Brexit groteske Auseinandersetzungen.

His masters voice

Februar 2019: Für die EU-Partner werden die ewig neuen Forderungen Theresa Mays für einen geregelten Brexit immer nervtötender.

Ein Gespenst geht ...

Mai 2019: Theresa May tritt nach einer Serie von parteiinternen Niederlagen als Parteivorsitzende der Torys und mit Verzögerung als Regierungschefin zurück. Trotz Brexit nimmt Großbritannien noch an der Europawahl teil.

Die Erschaffung des Ebenbildes

Juni 2019: Aussichtsreicher Nachfolger von Theresa May ist der Brexit-Antreiber Boris Johnson, mit dem neben Donald Trump ein weiterer Politclown die Weltbühne betritt.

Die westliche Welt

Juli 2019: Mit Donald Trump und Boris Johnson regieren in den zwei wichtigsten Ländern der westlichen Allianz zwei völlig unberechenbare Hasardeure.

»Ich darf zu den Neuverhandlungen bitten!«

Juli 2019: Boris Johnson droht mit dem ungeordneten Brexit, falls die EU nicht zu neuen Verhandlungen bereit ist.

Ein Gespenst geht um, in Davos!

Januar 2019: Wegen des über einen Monat dauernden »Shutdowns« der US-Regierung bleibt Präsident Donald Trump dem davoser Weltwirtschaftsforum fern.

»... und ich freue mich auf unser nächstes Treffen!«

Januar 2019: Die Teilnehmer des Weltwirtschaftsforums sehen sich gleichzeitig in der Rolle der Problemverursacher wie der ratlosen Problemlöser.

Land der begrenzten Möglichkeiten

Januar 2019: Der längste »Shutdown« (Haushaltssperre) der USA lässt zahlreiche Beamte wochenlang ohne Gehälter.

Seidenstraßen

April 2019: Die von China propagierte »neue Seidenstraße« erweckt im Westen die Befürchtung einer weltumspannenden chinesischen Wirtschaftsdominanz.

Zirkus Trumpkim

März 2019: Ein bedeutungsvoll angekündigtes Treffen zwischen Donald Trump und Kim Jong-un wird vorzeitig ergebnislos abgebrochen.

»... jetzt darfst du wieder!«

April 2019: Mit phrasenhaften Komplimenten und eitler Großspurigkeit macht sich Präsident Donald Trump weltweit zunehmend lächerlich.

»... ob die Bremse funktioniert!«

Juni 2019: Präsident Donald Trump stoppt den Angriff eines bereits in der Luft befindlichen Bombers auf den Iran.

»... aber nicht unter diesem Chef!«

August 2019: Donald Trump fordert die Europäer auf, mit Amerika die Straße von Hormus militärisch zu sichern, die von iranischen Revolutionsgarden massiv bedroht ist.

»... und vertrauen Sie auf unseren Schutzengel!«

Februar 2019: Wie in Syrien tritt Putin-Russland auch für das venezuelanische Unrecht-Regime als Schutzmacht auf.

Neuer Erfolg der Gebrüder Frankenstein

Februar 2019: Russland und die USA setzen mit dem Ausstieg aus dem INF-Vertrag einen der wichtigsten Abrüstungsverträge außer Kraft.

Die Wüste lebt!

Oktober 2018: Der Weltklimarat zieht eine düstere warnende Bilanz über Zustand und Zukunftsaussichten unseres Planeten.

»... aber wie komme ich aus dem Bett?«

»… werden ja wohl auch noch zu schaffen sein!«

 Oktober 2017: Als einen Hauptverursacher des weltweiten Insektensterbens stellen Wissenschaftler das »Pflanzenschutzmittel« Glyphosat fest.

Insektenrequiem

Februar 2019: Der Naturschutzbund (NABU) stellt weltweit eine erschreckende Zunahme des Insektensterbens fest.

»... außer uns kommt nichts mehr!«

Mai 2019: In Paris debattiert der Weltbiodiversitätsrat (IPBES) eine Organisation der UN über die Zerstörung der Artenvielfalt.

Februar 2019: Laut DPA landen jährlich 11 Millionen Tonnen Lebensmittel allein in Deutschland im Müll.

Plastikflaschenpost

Svenja Schulze im Mülleimer

November 2018: Umweltministerin Svenja Schulze (SPD) will im Kampf gegen die Plastikvermüllung der Meere auf konkrete Verbote verzichten.

Und noch'n Beitrag zur Klimaerwärmung!

»... zur Klimademo!«

März 2019: Die Fridays-for-Future-Bewegung erfreut sich zunehmender Popularität unter der Jugend.

»... hätt'ste jetzt ein Plagiatsproblem an der Backe!«

Juli 2019: Der bayerische Ministerpräsident Markus Söder startet überraschende Initiativen in der Umwelt- und Klimapolitik.

aitzinger Karikaturen
'96
Bruckmann

Haitzinger Karikaturen
'97
DEFIZIT
NEU-BEWERTUNG!
Bruckmann

HAITZINGER
KARIKATUREN 98
ARBEITSLOSIGKEIT
DER REST IST DOCH JETZT NE KLEINIGKEIT GERHARD!
Bruck

HAITZINGER
KARIKATUREN 99
Bruckmann

HAITZINGER
KARIKATUREN
VIEL SPASS, FRANZ!
stiebner

HAITZINGER
KARIKATUREN 2005
ALSO, WER SCHLUCKT JETZT DER REIHE NACH WEN?
GROSSE KOALITION

HAITZINGER
KARIKATUREN 2006
GESUNDHEITS-REFORM
WIE GEHT'S UNS HEUT?
stiebner

HAITZINGER
KARIKATUREN 2007
HIER IST TEMPOLIMIT!
WAHNSINNS-RASERIN!!!
ZUR KLIMARETTUNG
CO2

AITZINGER
ARIKATUREN 2012
HURRA, ICH BIN DURCH!

HAITZINGER
KARIKATUREN 2013
EINE BILLION BITTE!
NEHMER
GEBER
stiebner

HAITZINGER
KARIKATUREN 2014
ENERGIE-WENDE
RENTE MIT 63
GRO-KO

HAITZINGER
KARIKATUREN
stiebner